Début d'une série de documents
en couleur

COUVERTURES SUPERIEURE ET INFERIEURE D'IMPRIMEUR

Fin d'une série de documents
en couleur

LES COMMENCEMENTS

D'UN GRAND ARTISTE

7e SÉRIE IN-12

LES COMMENCEMENTS D'UN ARTISTE.

Frantz.

LES COMMENCEMENTS

D'UN GRAND ARTISTE

PAR

MARIE GUERRIER DE HAUPT

Lauréat de l'Académie française

LIMOGES

EUGÈNE ARDANT et Cie, ÉDITEURS.

LES COMMENCEMENTS

D'UN GRAND ARTISTE

———

— Dites-moi, Frantz, pourquoi M le Maître veut-il me parler? demanda la vieille Gertrude à son petit-fils, gros bambin de huit ans, rose et joufflu, à la mine insouciante.

Frantz ne répondit pas ; mais il allongea démesurément les lèvres avec un air désolé qui parut, sans doute, à son aïeule une réponse suffisante, car elle reprit aussitôt :

— Je vois ce que c'est ; on est mécontent de toi à l'école ! Tu es un paresseux, tu ne veux rien apprendre, et M. le Maître va, sans doute, comme il m'en a déjà menacée plusieurs fois, me dire qu'il lui est impossible de te garder plus longtemps ! Il prétend que tu donnes un mauvais exemple à toute la classe, et je comprends bien qu'il a raison.

Cette fois encore, Frantz, qui décidément était avare de ses paroles, jugea inutile de répondre ; seulement, sa moue devint plus accentuée.

— Eh bien, puisqu'il le faut, je veu x aller parler à M. le Maître. Donne ta main, petit, et partons, car il est tard.

Cette proposition, sans doute peu du goût de Frantz, eut le pouvoir de le faire sortir de son mutisme. Retirant vivement sa main de celle de Gertrude, il recula d'un pas et répondit, d'un ton parfaitement décidé :

— Non, je ne veux pas !

— Ah ! tu ne veux pas, méchant garnement ! reprit l'aïeule indignée de ce refus si catégorique. Tu viendras cependant à l'école, quand je devrais t'y mener par les oreilles ! Dis encore un peu, pour voir, que tu ne veux pas, et je t'appliquerai une jolie correction.

Le gros Frantz avait épuisé toute sa

force de volonté dans le refus si nette-
ment formulé de se rendre à l'école. Il
n'opposa plus qu'une légère résistance
à Gertrude lorsque celle ci, après s'être
munie d'un immense parapluie de coton
rouge sans lequel elle ne sortait jamais,
et d'un panier qu'elle venait d'emplir
des plus belles pommes du cellier, le
prit une seconde fois par la main pour
le conduire à l'école.

L'arrivée du disciple rebelle et de
sa grand'mère causa une certaine
émotion dans la classe. Le maître s'é-

tait, la veille, sérieusement fâché contre Frantz, et lui avait formellement défendu de revenir sans être accompagné par son aïeule. On s'attendait donc à une explication, peut-être orageuse, et les écoliers, enchantés de cette diversion apportée à leurs occupations habituelles, interrompirent avec un ensemble parfait leur travail pour se mettre à chuchoter en regardant les deux nouveaux venus.

M. « le Maître », comme on disait dans le pays, parut aussi éprouver une certaine émotion au moment d'exécuter la menace faite la veille à l'incorrigible Frantz. D'un geste nerveux, il repoussa légèrement en arrière le bonnet de drap noir, rougi par un long usage, qui lui couvrait la tête; il rajusta ses lunettes sur son nez, et, d'une main tremblante, fit signe à Gertrude de s'asseoir sur un banc placé à côté de la chaire.

uant à Frantz, comme le maître, dont ses méfaits avaient lassé la patience, ne daignait pas lui accorder un regard, il s'appuya d'un air piteux contre l'un des montants de la chaire, et, dans son désespoir, se mit à tracer, du bout de son doigt, les arabesques les plus fantaisistes sur un banc couvert de poussière qui se trouvait justement près de lui.

— Eh bien, monsieur le Maître, commença Gertrude, vous avez fait dire par le petit que vous désiriez me parler; j'espère que vous n'avez point à vous plaindre de l'enfant, au moins?

— Pardonnez-moi, madame, répliqua le digne magister ; il m'en coûte certainement beaucoup d'affliger une excellente personne telle que vous, mais, à mon grand regret, je me vois forcé de vous rendre Frantz. Sa présence ici est une cause de trouble dans l'école, son insubordination est d'un exemple funeste pour mes autres élèves. Je manquerais à tous mes devoirs si je n'avais pas le courage de séparer l'ivraie du bon grain, ou, comme le dit un auteur que je vous citerais textuellement si vous saviez le latin.

— Non, non, monsieur le Maître,

pas de latin! car je n'y entends goutte!
interrompit Gertrude d'un ton sup-
pliant. Ce que je comprends clairement
dans tout ceci, c'est que vous ne vou-
lez plus de mon pauvre Frantz! Vous
le chassez honteusement, comme si
c'était un malfaiteur, lui, un enfant
de huit ans! Voyons, monsieur le
Maître, avez-vous bien réfléchi avant
de décider une chose pareille? Frantz
est encore si petit, il peut se corriger;
et, si vous le renvoyez, on ne voudra
plus de lui dans aucune école! Au fait,
qu'est ce qu'il peut donc avoir fait de

si grave, cet enfant? Un garçon de huit ans, ça ne doit pourtant pas être bien difficile à mener!

— Un garçon comme Frantz en remontrerait, à huit ans, pour la perversité, à des écoliers de quinze ans réputés mauvais sujets! répondit le maître perdant toute mesure, et désignant Frantz d'un geste indigné.

Ce dernier, dont la figure ronde, les grands yeux pleins de larmes et les lèvres rendues tremblantes par un sanglot à grand'peine réprimé, ne répon-

daient qu'imparfaitement , par leur
aspect demi- touchant , demi-comique ,
à l'idée qu'on se fait habituellement
d'un mauvais sujet endurci, appuya
d'un air de plus en plus désespéré le
bout de son doigt potelé sur la poussière qui couvrait le banc, muet confi-
dent de sa douleur.

Quant à Gertrude , positivement
effrayée de la précoce perversité de son
petit-fils , elle reprit, d'un ton lar-
moyant :

—Mais enfin, qu'est ce qu'il a donc

fait, monsieur le Maître? Je vous en prie, ne me cachez rien.

— Ce qu'il a fait? Rien! répliqua le magister, qui accentua ce dernier mot de manière à lui donner toute l'importance d'une accusation capitale.

Cependant, comprenant la nécessité d'une explication un peu moins laconique, il ajouta :

— Frantz est un paresseux, il ne veut rien apprendre! Il n'écoute pas mes démonstrations; il reste indifférent à mes remont rances, il semble toujours préoccupé, distrait ; on croirait que ses leçons et ses devoirs d'écolier le dérangent et troublent ses graves méditations. Quand je le gronde, il ne me répond pas, et quand, poussé à bout par cette force d'inertie contre laquelle mon autorité vient se briser, j'ai recours à un châtiment plus sévère pour le tirer de sa rêverie, il paraît tellement stupéfait que toute la classe éclate de rire. Or, pour un professeur, rien n'est plus funeste que le développement, chez ses écoliers, de cette dis-

position à une hilarité intempestive,
aussi contraire au respect qui lui est
dû que nuisible aux progrès de ses
jeunes disciples. Je suis trop juste
pour accuser positivement Frantz de
vouloir se jouer de moi; mais par ses
allures étranges il excite ses condisciples à l'insubordination et me met dans
l'impossibilité de remplir mon devoir
en lui inculquant les connaissances
dont votre but, en me le confiant, a
été de lui assurer la possession. Vous
voyez donc, madame Gertrude, qu'en
vous rendant votre petit-fils je cède à

une nécessité désolante, il est vrai, mais rigoureuse et absolument indépendante de ma volonté.

Ce long discours était, comme en général tous ceux du savant pédagogue, resté à peu près incompris par la vieille Gertrude. Elle avait cependant, par respect, paru écouter avec une grande attention, tout en arrangeant machinalement les plis de son parapluie de coton rouge. Quand le magister eut achevé de parler, la bonne femme, jugeant le moment venu d'em-

ployer un argument décisif, abandonna
le parapluie de coton rouge pour ôter
le couvercle du panier, afin d'étaler aux
regards les fruits parfumés qu'il ren-
fermait.

La physionomie de « M. le Maître »
s'assombrit encore. Il jeta involontai-
rement un coup d'œil de regret vers le
panier de pommes ; un léger soupir,
aussitôt réprimé, souleva sa poitrine ;
puis il répondit, avec une solennité qui
glaça littéralement de stupeur la pauvre Gertrude :

— Si j'avais pu hésiter à renvoyer Frantz, l'offre que vous venez de me faire m'y aurait tout à fait décidé ! Vous me connaissez mal, madame, si vous supposez qu'un misérable motif d'intérêt puisse m'empêcher de remplir mon devoir envers les enfants confiés à mes soins, en éloignant d'eux un élève dont le mauvais exemple peut leur être funeste. Je vous pardonne l'injure que vous venez de me faire, car vous avez, je le sais, péché par ignorance. Mais il n'en est pas moins vrai que, si j'eusse été tenté de me laisser, cette fois encore, attendrir par vos prières, l'offre que vous venez de me faire m'aurait mis dans l'impossibilité de céder à cette velléité d'indulgence, car vous n'auriez pas manqué d'attribuer ma faiblesse à la présence de ce panier de fruits.

— Mais non, mais non, monsieur le Maître! vous vous trompez! je ne penserai jamais rien de mauvais sur votre compte si vous consentez à garder encore mon petit gars! Tout ça, c'est des finesses trop savantes pour moi! J'y vais tout simplement et sans façons; jo vous donne ces pommes de bon cœur, prenez-les de même. Tancez vertement Frantz, puisqu'il vous a mécontenté; envoyez-le à son pupitre, et que tout soit dit. C'est convenu, n'est-ce pas?

Frantz, loin de paraître aussi désireux que sa grand'mère de voir « M. le Maître » lui pardonner, adressa à Gertrude un regard désolé en l'entendant parler de le renvoyer à son pupitre, et il eut, au contraire, un tressaillement de joie quand le magister répliqua :

— Non, madame Gertrude, non, ce n'est pas convenu ! Veuillez, je vous prie, cesser d'insister sur ce sujet, à moins que vous n'ayez l'intention formelle de m'insulter. Tel n'est pas votre désir, dites-vous ? Bien, je veux vous croire ; mais alors, n'en parlons plus, et emmenez au plus vite cet enfant. Je ne puis, à cause de lui, interrompre plus longtemps ma classe, et cette discussion n'a déjà que trop duré.

Gertrude, toute déconcertée en voyant le peu de succès du petit calcul...

diplomatique dont elle avait espéré
merveilles, eut recours au moyen
suprême employé par presque toutes
les femmes, quels que soient, d'ailleurs,
leur âge ou leur rang, quand elles
rencontrent un obstacle sérieux à l'ac-
complissement de leurs volontés : elle
se mit à pleurer, en répétant qu'elle
était bien malheureuse.

Le maître d'école, qui, au fond,
était un brave homme, ne put se défen-
dre d'un certain malaise à l'aspect de cette douleur si violente, et

il reprit, d'un ton beaucoup plus doux :

— Encore une fois, dame Gertrude, je suis désolé de vous affliger, mais ce n'est pas ma faute. C'est, comprenez-le bien, la faute de cet enfant, dont les mauvais instincts vous causeront, je le crains fort, des chagrins auprès desquels celui que vous éprouvez aujourd'hui vous semblera de peu d'importance. Voyons, de bonne foi, dites-moi vous-même ce que je puis faire d'un écolier qui, au lieu de m'écouter, regarde par la fenêtre la cime des

arbres qu'on aperçoit au loin et qui ose
répondre à mes observations par une
plaisanterie, en me disant qu'il s'oc-
cupe à voir les feuilles changer de
couleur sous les rayons du soleil couchant? Dites-moi aussi comment un
enfant de cet âge peut-il être assez
audacieux pour refuser de venir ici
près de moi, lire à son tour comme le
font tous ses condisciples, un passage
d'un livre fort intéressant, sous le
prétexte futile que ce livre contient
des images dont tous les personnages
sont laids?

— Eh bien, au fait, il a peut-être raison cet enfant ! dit une voix joyeuse près de la fenêtre donnant sur la route, et laissée ouverte derrière le banc où Gertrude était assise.

Frantz tourna aussitôt vers le nouveau venu ses grands yeux, qui brillèrent d'un rayon d'espoir à ce secours inattendu, et Gertrude se levant vit derrière elle un jeune homme de vingt-cinq à trente ans, à la physionomie ouverte et riante, qui, debout près de la fenêtre, semblait très amusé par l'énumération des griefs de « M. le Maître ».

— Bonjour, monsieur Georges, fît ce dernier en portant la main à son bonnet d'un air amical. Si vous saviez au juste de quoi il s'agit, vous ne prendriez pas le parti de cet enfant, que sa détestable conduite me force d'exclure de l'école malgré les larmes de sa pauvre grand'mère dont le chagrin me navre le cœur. C'est un mauvais sujet endurci, qui ne sera jamais qu'un fainéant, bon à rien !

— Permettez, cher maître, dit le jeune homme, si ce gros garçon n'a pas commis d'autre faute que d'admirer l'effet du soleil couchant sur la cime des arbres et de montrer peu d'enthousiasme pour les affreux bonshommes du volume illustré que j'ai feuilleté sur votre pupitre, je ne me sens pas le courage de lui faire un crime de ces méfaits. Il est vrai que, en ma qualité d'artiste, j'ai parfois, vous le savez, des idées bizarres ; mais j'avoue que ce petit, avec son horreur de ce qui est laid et son admiration

pour les beautés de la nature, m'ins-
pire malgré moi plus de sympathie que
d'indignation.

Georges Dervans, peintre de talent,
était un enfant du pays. Resté de bonne
heure seul dispensateur d'une fortune
assez considérable, il s'était librement
livré à son goût pour les arts, non
point afin d'y chercher des avantages
pécuniaires ou des jouissances de
vanité, mais pour sa propre satisfaction. Tout le monde l'aimait, en dépit
de quelques excentricités dont s'étou-

naient les paisibles habitants qui l'en-
touraient, car jamais il ne laissait
échapper l'occasion de rendre un service, d'adoucir un chagrin ou de soula-
ger une misère.

Cette fois, pourtant, le maître fut
un peu piqué en voyant traiter aussi
légèrement des griefs qu'il jugeait, lui,
assez graves pour motiver l'expulsion
d'un de ses élèves.

— Peut-être, reprit il d'un ton de
mauvaise humeur, serez-vous moins

disposé, monsieur Georges, à soutenir ce jeune indiscipliné lorsque vous saurez qu'il a osé, hier, me manquer de respect à moi-même.

— Comment cela? fit le peintre; oh! voilà qui est mal, petit! J'ignorais, en effet, ce détail, et je suis loin de t'approuver si tu manques de respect à ton digne professeur. Mais, voyons, peut-être n'a-t-il pas compris l'importance de ses paroles; il est si jeune! Que vous a-t il donc dit, mon cher maître?

— Hier, reprit le maître, je voulus tenter un dernier effort, et, avant de renoncer à la tâche ingrate d'instruire cet enfant, m'assurer qu'en effet il m'était absolument impossible d'attendre de lui aucun progrès. Je l'appelai près de moi, et, le prenant par la douceur, j'essayai de le raisonner. Je lui demandai de me dire à quoi il pense en restant pendant des heures entières le regard perdu dans l'espace sans paraître entendre une seule des paroles qu'on lui adresse. A ceci, il me répondit, avec un flegme incroyable, qu'il voit, dans son idée — ce sont ses expressions — de belles figures qui ne font pas de grimaces.

— Et qui sont, lui ai-je demandé, les figures qui font des grimaces?

— Celles des élèves, m'a-t-il dit, toujours de son même ton tranquille, et la vôtre, quand vous vous fâchez.

— Comment! tu as dit une pareille impolitesse à M. le Maître? s'écria Gertrude indignée, tandis que le jeune peintre s'efforçait à grand'peine de conserver un air grave, en dépit du sourire un peu railleur qui contractait ses lèvres ombragées d'une fine moustache.

— Si ce n'était que cela ! reprit le maître d'école ; mais, sans se déconcerter un seul instant, M. Frantz, alla prendre dans son pupitre deux cahiers couverts de barbouillages informes, et m'en présenta un en disant :

— Voilà comme on est ici ! »

Puis, me montrant l'autre, il ajouta :

« Et voilà comment sont les figures
que je vois. »

— Au surplus, vous pouvez juger
par vous-même des belles choses aux-
quelles ce monsieur emploie son temps.
Voici les deux cahiers, que j'ai confis-
qués, comme bien vous le pensez.

Le magister tendit à Georges deux
cahiers, sur l'un desquels tous les
élèves de la classe étaient, ainsi que le
professeur, représentés avec une ressemblance grotesque, tandis que, sur
l'autre, l'artiste inexpérimenté s'était

efforcé de dessiner des anges aux traits purs et réguliers, au doux sourire, se jouant parmi les fleurs ou glissant entre les branches d'arbres ressemblant fort à ceux que l'on aperçoit par les fenêtres de l'école.

Ces essais, informes et dénotant une profonde ignorance des principes les plus élémentaires du dessin, révélaient cependant, de la part de Frantz, une puissance d'observation étrange chez un enfant aussi jeune.

Le trait remarquable de chacune

des physionomies qu'il avait essayé de reproduire était si bien saisi par lui, que la ressemblance des caricatures était assez frappante pour qu'on pût reconnaître sur-le-champ le personnage que l'enfant avait voulu représenter. Les figures du second cahier répondaient moins bien, il est vrai, aux intentions du dessinateur. Cependant elles révélaient un sentiment du beau, presque instinctif, sans doute très remarquable chez un bambin, et si l'exécution laissait beaucoup à désirer, l'idée qui avait inspiré ces ébauches imparfaites était pleine de grâce et de poésie.

M. Georges feuilletait avec un intérêt visible les deux cahiers de l'écolier indocile, et il oubliait de s'indigner du manque de respect commis par Frantz envers son professeur. Mais la vieille Gertrude, peu sensible au penchant artistique de son petit fils et désolée que, pour une faute aussi grave, il eût perdu à tout jamais les bonnes grâces de son maître, se chargea d'adresser à l'enfant les reproches mérités pour sa conduite.

— Vaurien! s'écria-t-elle en brandissant le parapluie de coton rouge, comme si elle eût voulu en frapper le coupable. M. le Maître a bien raison de dire que tu seras la désolation de mes vieux jours! A-t-on idée d'une pareille effronterie? Comment, tu as osé tourner en ridicule le visage de ton professeur! Mais tu ne respectes donc rien au monde? Il n'y a donc plus d'enfants, en vérité! Allons! monsieur, à genoux, et demande pardon à M. le Maître, priez-le d'avoir pitié de vous; de vous recevoir encore

à l'école, malgré votre vilaine conduite ! Quant à moi, je lui promets
que, s'il a raison de se plaindre de
vous à l'avenir, je vous chasserai à
mon tour; vous deviendrez un men-
diant, que tout le monde maltraitera !

Frantz, terrifié par cette explosion
de colère chez l'aïeule qui, d'ordinaire,
le traitait avec une indulgente bonté,
ne faisait pas un mouvment.

Gertrude le prit par le bras pour le
forcer de s'agenouiller devant le

magister. Mais le bambin résista, et la bonne femme, en se penchant vers lui, aperçut, ô scandale, tracé sur la poussière du banc, un nouveau portrait de « M. le Maître » avec ses lunettes sur le nez, son bonnet rejeté en arrière et la main tendue vers l'élève objet de son courroux, tel, en un mot, que, peu d'instants auparavant, il était apparu aux yeux de l'enfant consterné. Gertrude recula d'un pas, en poussant une exclamation empreinte de tant d'horreur que tous les petits écoliers éclatèrent de rire, tandis que le magis-

ter quittant sa chaire, et M Georg s
enjambant l'appui de la fenêtre , s'é-
lançaient pour connaître la cause de
son épouvante.

— Vous voyez, madame, dit M. le
Maître avec une dignité calme, que le
mal est incurable. Cet enfant est incorrigible ! Je vous plains, mais , à
mon grand regret, je ne puis rien pour
diminuer votre douleur. J'espère ,
monsieur Georges, que vous ne m'ac-
cuserez pas d'être trop sévère à l'égard
d'un mauvais sujet si endurci.

— Non, non, monsieur le Maître, uous ne vous accuserons point ! se hâta de répondre Gertrude en saisissant la main de Frantz. Je comprends bien que vous ne pouvez pas garder ce vaurien près de vous ! Je l'emmène, et je vous réponds qu'il va recevoir une correction dont il se souviendra long-temps. Au revoir, monsieur le Maître ; en vous remerciant de toutes vos bontés pour ce méchant enfant, je vous demande bien pardon des malhonnêtetés qu'il vous a faites. Allons ! viens, toi, mauvais gar-

çon ! c'est à moi que tu vas voir
affaire !

Frantz, que sa grand'mère entraî-
nait, tourna, vers M. Georges, des
regards suppliants, avec cet instinct
si sûr qui fait comprendre aux enfants
où ils trouveront le plus d'indulgence
pour leurs fautes.

— Attendez, dit le peintre à Gertrude comme pour répondre à ce muet
appel, attendez un instant. Non, cher
maître, je ne vous accuserai point

d'être trop sévère à l'égard de ce bambin. Je comprends parfaitement qu'il vous est impossible de le garder, et que d'ailleurs, dans les fâcheuses dispositions où il se trouve, il ne ferait près de vous aucun progrès. Mais je plains de tout mon cœur la pauvre grand'mère chargée seule d'une tâche aussi difficile que la garde d'un pareil gamin Je la plains si fort que je veux lui venir en aide. Ma bonne dame Gertrude, vous allez, s'il vous plaît, offrir à notre digne magister ces pommes apportées à son intention. Ce sera un témoignage de votre reconnaissance et un bien faible dédommagement des ennuis que Frantz lui a causés Quant au bambin, je l'emmène, si vous y consentez. Il habitera chez moi, et je vous réponds qu'il marchera droit S'il aime à dessiner, il dessinera, et s'il se permet de faire ma caricature, eh bien, je ferai la sienne, et nous verrons qui, de maître Frantz ou de moi, réussira le mieux.

Il n'avait pas achevé que Frantz, poussant un cri de joie, se jetait à son cou , riant et pleurant à la fois , et répétant :

— Oh ! oui, monsieur Georges ! prenez-moi avec vous ! Vous verrez comme je serai sage, comme je travaillerai bien, comme vous serez content de moi !

— Veux-tu bien te taire , petit nigaud ! fit tout bas M. Georges en se débarrassant de l'étreinte de l'enfant. Je m'inquiète fort peu, reprit-il tout haut, de la satisfaction et de ton contentement, ce que je veux, c'est rendre service à ta grand'mère, et débarrasser notre respectable instituteur d'un élève désagréable. Qu'en dites vous, dame Gertrude? Ma proposition vous convient elle? Décidez-vous, et, si vous y consentez, j'emmène de ce pas Frantz pour l'installer chez moi.

— Si je consens! fit Gertrude; je le crois bien! C'est une grande bonté de votre part, monsieur Georges, de vouloir vous charger d'un mauvais garnement. Mais pensez-y, pourtant;

s il allait vous faire aussi des impoli-
tesses comme il en a fait à M. le Maître ?

— Soyez sans inquiétude, je réponds
de lui sous ce rapport! fit le jeune
homme en riant. Ainsi, voilà qui est
entendu ; j'emmène Frantz. Vous
pourrez, naturellement, dame Gertrude,
le voir quand vous voudrez ; je ne pré-
tends pas vous priver de ce plaisir.
Allons, petit, embrasse ta grand'mère,
salue le bon maître que tu as offensé,
et partons.

Gertrude, oubliant les torts de son petit-fils au moment de se séparer de lui, ne put résister au désir de presser l'enfant dans ses bras. Le maître, après avoir remercié la bonne femme pour les pommes qu'elle lui avait apportées, dit à Frantz de se mieux condu re avec M. Georges qu'il ne l'avait fait avec lui, et l'on se sépara.

Le maître d'école et ses élèves étaient d'accord pour affirmer que M. Georges serait bientôt lassé par l'incorrigible fainéantise de son pro-

tégé. Cependant, contrairement à toutes les prévisions, Frantz fit, au contraire, si complétement la conquête
du jeune peintre qui, de son côté,
s'attacha si bien à lui, qu'ils ne purent
bientôt plus se passer l'un de l'autre.
Pour être agréable à son nouveau professeur, l'enfant eut le courage de vain-
cre l'indolence de sa nature et de s'ap-
pliquer avec zèle à des études qui lui
étaient antipathiques. Frantz était, il
est vrai, amplement dédommagé de
cet effort par la possibilité de se livrer
sans contrainte, et sous une direction

éclairée, à son goût pour le dessin et la peinture. Ses progrès furent si rapides que son protecteur, se reconnaissant incapable de le diriger plus longtemps, prit le parti de le placer à Paris, dans l'atelier d'un peintre en renom. Un jour, Gertrude, quoique bien vieille et bien cassée, se traîna jusqu'à l'école où M. le Maître, en dépit des infirmités amenées par l'âge, continuait à enseigner la lecture, l'écriture et l'arithmétique aux jeunes générations, et lui montra, en pleurant de joie, une lettre par laquelle Frantz annonçait qu'un de ses tableaux, admis à l'exposition, venait d'obtenir un prix.

— C'est fort heureux, si c'est vrai; mais j'en doute! dit froidement le maître, qui gardait encore rancune à l'artiste des informes ebauches du bambin.

L'aïeule, froissée dans son orgueil maternel, s'empressa d'apprendre à Frantz la malveillance de son ancien professeur.

— Ah ! il a dit cela ! s'écria gaiement le jeune homme ; eh bien, il faudra que je trouve moyen de lui jouer quelque bon tour pour me venger !

Quand, l'année suivante, Frantz, à qui la fortune et la gloire souriaient à l'envi l'une de l'autre, vint voir sa grand'mère, il n'avait point renoncé à son projet ; mais quand il en parla à Gertrude, celle-ci lui it :

— Non, mon cher enfant, tu ne lui joueras aucun tour, car il est bien malheureux. Il est devenu aveugle, incapable de travailler, et il n'a d'autre ressource que la charité des bonnes âmes.

— Ah! dit Frantz, dont la joyeuse physionomie devint grave. Je vais le voir.

Dès le lendemain, « M. le Maître », pauvre et aveugle, était installé auprès de son ancien élève, jadis renvoyé de l'école pour cause de paresse, d'insubordination et de manque de respect.

Frantz prodiguait au vieillard les soins les plus touchants, et M. le Maître, oubliant enfin ses griefs d'autrefois, répétait avec émotion :

— Qui aurait jamais supposé qu'un pareil vaurien deviendrait un homme de mérite ?

Georges Dervans aurait pu répondre à ceci qu'il avait, lui, su deviner l'avenir d'un artiste de talent dans les bizarres fantaisies de l'enfant rebelle à la discipline. Mais Georges Dervans, depuis plusieurs années, couché dans la tombe, n'avait pu assister aux triomphes de son protégé.

Or, ce protégé, vous le connaissez peut-être. C'est un peintre dont les œuvres sont justement admirées ; car l'histoire que je viens de raconter est vraie. Frantz — qui , bien entendu , ne s'appelle pas Frantz — habite près de Paris une charmante villa, et presque chaque jour on peut le voir se promener aux alentours de sa propriété en donnant le bras à un vieillard aveu-

gle pour lequel il témoigne une solli-
citude filiale.

Ce vieillard, c'est « M. le Maître »,
envers qui le peintre célèbre, objet
des adulations de la foule, répare les
torts de Frantz, le petit écolier.

LES
SABOTS DE MARGUERITE

LES

SABOTS DE MARGUERITE

~~~~~~~~~~~~~~~~~~

A cinq ans, Marguerite était orpheline, ayant au monde pour unique
soutien une vieille tante, dure et avare,
que la crainte des caquets du village

décida à recueillir l'enfant, mais dont
les mauvais traitements et les reproches continuels firent chèrement ache-
ter à la pauvre petite le pain que sa
peu charitable parente lui mesurait
avec la plus stricte parcimonie.

Quand Marguerite eut quinze ans,
sa tante lui déclara qu'elle n'entendait
pas encourager plus longtemps la fainéantise d'une fille qui était d'âge à
travailler, et qu'elle lui avait trouvé,
à la ville voisine, une place de petite
servante chez une couturière.

— Tu ne gagneras rien d'abord, lui dit-elle, car tu n'es encore bonne à rien ; mais tu seras logée et nourrie, ce qui me délivrera déjà d'une grande charge. Quant aux vêtements, je te donnerai ce que je pourrai, mais je te préviens que ce ne sera pas grand'chose. C'est à toi de te bien conduire et de contenter ta patronne pour qu'elle te donne bientôt un peu d'argent tous les mois ; alors, petite, tu pourras te nipper comme tu l'entendras.

La tante avait dit vrai en prévenant sa nièce qu'elle ne lui donnerait pas grand'chose comme trousseau. Une robe de bure, aux pieds des bas de laine et d'énormes sabots, sur la tête un bonnet de toile, puis à la main un petit paquet contenant deux chemises de grosse toile, un mouchoir et un bonnet de rechange, tel fut tout le résultat du grand effort de générosité fait par la vieille femme en se séparant de sa nièce.

Marguerite était si gentille avec sa mine fraîche, ses grands yeux, ses beaux cheveux noirs, et surtout avec l'expression de candeur et de bonté de son joli visage, que, malgré la pauvreté de son ajustement, elle plut tout d'abord à la maîtresse couturière, Celle-ci, émue de pitié, lui donna même un fichu de laine pour couvrir ses épaules, et quelques chiffons pour se faire des bonnets et des tabliers.

Ce fut le premier pas de la petite servante dans le chemin de la coquetterie. Si la maîtresse était bienveillante, les ouvrières et les apprenties l'étaient

beaucoup moins. Leur humeur moqueuse
s'exerçait d'autant plus volontiers aux
dépens de la nouvelle venue, que la
pauvre Marguerite se permettait —
audace inouïe ! — d'être jolie comme
pas une d'entre elles.

La fillette, adroite, intelligente et
douée d'une dose, peut-être plus que
suffisante, d'amour-propre, ressentait
vivement les rail'eries dont elle était
l'objet. Elle se regardait dans le frag-
ment de miroir accroché à la fenêtre
de sa mansarde, elle souriait en admi-

rant ses dents blanches et ses yeux brillants, et Marguerite se répétait tout bas que, au fait, elle valait bien « ces demoiselles ». Elle se disait même parfois que si elle avait leurs jolies toilettes, elle les éclipserait facilement.

O vanité ! vanité ! quel cœur ici-bas est à l'abri de tes atteintes !

Grâce à son adresse, à son intelligence, et aussi à la coquetterie qui s'emparait d'elle de plus en plus, Marguerite, en regardant travailler les

ouvrières, apprit à travailler elle-même
assez passablement pour se fabriquer,
tant bien que mal, quelques ajuste-
ments avec les morceaux d'étoffe que
la couturière lui abandonnait. Elle
était si vive, si mignonne, si gracieuse
qu'un rien la parait, et que le moindre
nœud de ruban ajouté le dimanche à
son simple petit bonnet la faisait paraître en grande toilette.

Mais tous les efforts tentés par
Marguerite pour rendre sa mise plus
élégante ne désarmaient point les

ouvrières de l'atelier. Loin de là, plus la petite devenait gentille, plus elle s'ingéniait, à force d'industrie, d'embellir son costume, plus aussi leurs plaisanteries sur les points de sa toilette restés défectueux augmentaient de malice.

Or, le point le plus défectueux, celui qui désespérait Marguerite, car elle n'avait aucun moyen de remédier au mal, c'était sa chaussure. Elle portait toujours les gros sabots, lourds et difformes, que sa tante lui avait donnés.

Et Dieu sait combien « ces demoiselles »
s'égayaient aux dépens des malencon-
treux sabots ! Le toc—toc signalant
l'approche de la jeune fille était pour
elles une source inépuisable de quoli-
bets, sinon toujours très spirituels, du
moins toujours assez méchants.

Marguerite, continuellement humi-
liée à cause de sa chaussure, rêvait
sans cesse aux jolis souliers qu'elle
voyait exposés aux vitrines des cordonniers ; elle ne sortait jamais sans
s'arrêter à les contempler ; le bonheur

pour elle se résumait dans ces mots :
une paire de jolis souliers.

Malheureusement, elle ne pouvait
pas se faire elle-même des souliers
comme elle faisait des bonnets ou des
fichus avec quelques chiffons. Pour
avoir des souliers, il fallait de l'argent;
or, Marguerite, nous le savons, n'en
gagnait point.

La pauvre petite redoublait de zèle
à contenter sa maîtresse, espérant
toujours que celle-ci, en récompense,

se déciderait à lui donner la somme
nécessaire à l'acquisition des bienheu-
reux souliers, objet de toute son ambi-
tion.

Mais la couturière, quoique rendant
justice à la douceur, à l'intelligence
à l'activité de sa petite servante, se
bornait à la traiter avec bonté sans se
presser de lui accorder un gain en
argent. Et Marguerite se désespérait ;
car les ouvrières, ravies d'avoir trouvé
un moyen sûr de la contrarier, ne pro-
nonçaient jamais son nom sans y join-

dre quelque attaque contre ses sabots :

— Voilà Marguerite et ses sabots, disait l'une.

— Mesdemoiselles ! s'écriait une autre, jouant l'effroi, entendez-vous ces coups de marteau ?

Puis elle reprenait aussitôt :

— Mais non, ce sont les sabots de Marguerite.

— Marguerite, donne moi l'adresse de ton cordonnier ! — Marguerite,

combien as-tu payé tes bottines? —
Marguerite, si je t'invite à ma noce, tu
viendras danser avec les sabots, n'est-ce
pas? — Mesdemoiselles, depuis que
Marguerite est ici, j'ai tous les jours
mal à la tête à cause de ses sabots.

Puis de reprendre en chœur :

Oh! les beaux sabots,
Les jolis sabots
De Marguerite !

La pauvre enfant n'y tenait plus,
quand enfin un jour la couturière, tou-

chée des soins que Marguerite lui avait prodigués pendant une maladie assez grave, lui remit une belle pièce de cinq francs, en lui annonçant que, désormais, elle en recevrait chaque mois une pareille

La satisfaction d'un spéculateur encaissant des millions à la suite d'une opération hasardeuse, la joie d'un joueur faisant sauter la banque, ne sont rien en comparaison du ravissement qu'éprouva Marguerite à l'aspect de cet argent gagné par son travail,

et le premier qu'elle eût jamais pos-
sédé.

Elle tournait et retournait entre ses
mains la pièce de cinq francs qui, dans
son imagination, se transformait déjà
en une paire de charmants souliers,
mignons et coquets, plus beaux que
ceux des ouvrières dont la verve rail-
leuse s'était tant de fois exercée aux
dépens des sabots de Marguerite.

Elle ne pouvait se décider à croire
qu'une somme aussi forte fût bien réelle-

ment à elle et qu'elle eût le droit d'en
disposer, Il fallut que sa maîtresse lui
répétât, à plusieurs reprises, qu'elle
pouvait faire de cet argent l'emploi qui
lui plairait le mieux, pour la convain-
cre enfin de cette réjouissante vérité.

Seulement — il n'est pas au monde
de bonheur parfait! — comme ce jour là
était précisément un dimanche et que
les boutiques des cordonniers étaient
fermées, Marguerite dut, bon gré mal
gré, remettre son acquisition au lendemain, et se résigner, une fois encore,

à se rendre à l'église avec les affreux sabots qui faisaient son désespoir.

La jeune fille, disons-le à sa louange, n'avait pas mis en oubli les pieux enseignements reçus au village à l'époque de sa première communion. Elle se rappelait encore le temps où la prière était son seul refuge et son unique consolation , lorsque la dureté de sa vieille tante la poussait au découragement, et jamais, depuis qu'elle habitait la ville, Marguerite n'avait manqué le dimanche d'assister à la messe.

La couturière, sa maîtresse, bien loin, d'ailleurs, de blâmer cette pieuse habitude , encourageait sa petite servante à la conserver. Il lui arrivait même parfois de proposer la conduite de Marguerite comme exemple à ses ouvrières, ce qui contribuait encore à augmenter la malveill ·nce de ces dernières à l'égard de la fillette.

Donc, Marguerite , enchantée de posséder une pièce de cinq francs qu'elle tenait dans sa main , au fond de la poche de son tablier. sans doute par crainte qu'on ne la lui volât, mais un peu contrariée de ne pas pouvoir étrenner ce dimanche-là ses jolis souliers neufs se rendit à l'église, afin d'assister à l'office divin. Elle voulait aussi remercier le bon Dieu de son bonheur, comme jadis elle le priait de l'aider à supporter ses peines.

Or, ce jour-là, précisément, le prédicateur prit pour sujet de son sermon la charité. Il fit une peinture touchante des misères qui, dans toute grande ville, restent forcément sans secours;

il engagea tous les chrétiens qui l'é-
coutaient à venir en aide aux malheu
reux dans la mesure de leurs moyens
Il dit comment chacun ici-bas peut
faire l'aumône s'il en a la ferme volonté.
Il conseilla aux riches de donner l'argent employé d'ordinaire à satisfaire
des fantaisies souvent extravagantes
ou nuisibles; il dit aux travailleurs
d'offrir à Dieu, dans la personne du
pauvre, la dîme de leur gain afin d'at-
tirer la bénédiction divine sur leur travail. Enfin, il prouva que les malheureux, dénués de toute ressource, pou-

vaient eux-mêmes obéir à cette loi sublime de la charité en se venant mutuellement en aide par leurs soins et par leurs bons conseils.

Marguerite avait, comme toujours, écouté avec une respectueuse attention les paroles de l'orateur sacré. Elle avait surtout été frappée de ce qu'il avait dit au sujet de l'argent gagné par le travail, et des bénédictions dont le Seigneur comble le travailleur charitable qui abandonne aux pauvres une part de son gain.

— C'est mon premier argent, murmurait la petite; si j'en donnais une partie aux pauvres, le bon Dieu me bénirait.

— Oui, répliquait la coquetterie au fond du cœur de Marguerite — oui, mais les souliers coûtent juste cinq francs; la plus petite somme donnée aux pauvres te forcera de remettre au mois prochain l'emplette tant désirée.

Le cœur de Marguerite se serrait à la pensée de supporter encore, pendant tout un long mois, les cruelles plaisanteries des ouvrières , quand elle avait là , dans sa poche, le moyen d'être mieux chaussée qu'aucune d'entre elles.

Une lutte s'engageai dans l'âme de l'enfant entre l'ange de la charité et le démon de la vanité.

— Pense, disait le premier, à ces pauvres mères dont on vient de te parler, qui n'ont pas de feu, pas de vêtements pour réchauffer leurs petits enfants, pense à ces petits enfants que la misère va tuer dans leur berceau. Cet argent que tu vas dépenser pour satisfaire la coquetterie sauverait peut-être une de ces frêles créatures vouées à une mort presque certaine.

Marguerite hésitait... une émotion poignante s'emparait d'elle... Pour la première fois elle devait choisir entre deux routes : l'une pleine des séductions mondaines, l'autre aride et pénible, mais où sa conscience lui disait qu'elle trouverait des joies plus sûres

et plus durables que dans la première.

Tout à coup il lui sembla entendre
le refrain de l'atelier.

> Oh ! les beaux sabots,
> Les jolits sabots
> De Marguerite !

Repoussant vivement au fond de sa
poche la pièce qu'elle tenait déjà dans
sa main, l'enfant se dirigea d'un pas
rapide vers la porte de l'église, comme
si elle eût voulu se hâter d'échapper à

la tentation de sacrifier aux pauvres ses jolis souliers.

En approchant du bénitier, elle vit le tronc pour les pauvres, dans lequel plusieurs personnes, touchées sans doute par le sermon qu'elles venaient d'entendre, s'empressaient de déposer leurs offrandes.

De nouveau Marguerite s'arrêta pour réfléchir... Elle songea aux pauvres vieillards infirmes, manquant de pain, aux malades privés des soins et des

médicaments qui pourraient les sauver.
Elle songea aux orphelins qui mour-
raient de froid et de faim sans les mai-
sons où des âmes pieuses et charita-
bles leur donnent un refuge.

— Et moi aussi je suis orpheline !
pensa Marguerite. Moi aussi j'ai été
malheureuse ! Je puis bien avoir le
courage de supporter encore pendant
un mois les malices de « ces demoiselles » pour secourir les orphelins.

Elle chercha la pièce dans sa poche...

puis un regard jeté sur ses gros sabots la fit hésiter de nouveau.

— Décidément. j'achèterai les souliers ! se dit-elle.

A cette résolution, un malaise général s'empara soudain de Marguerite. Il lui sembla que la main du Seigneur, déjà étendue pour la bénir, s'était éloignée tout à coup ; et, sans réfléchir davantage, elle tira précipitamment de sa poche la pièce de cinq francs.

Mon Dieu bénissez-moi ! fit-elle à

demi-voix en g'issant dans le tronc l'argent de son premier gain, auquel elle n'accorda pas même un regard.

Le front haut, les joues roses, les yeux brillants, le sourire aux lèvres, Marguerite, en dépit de ses gros sabots, revint d'un pas léger à la maison.

Le lendemain les ouvrières, connaissant sa nouvelle fortune et ne doutant pas qu'elle n'eut acheté une paire de souliers, insistèrent — inutilement, on le devine — pour voir son acquisition.

D'abord on l'accusa de vouloir en faire mystère ; mais, quand, le dimanche suivant, on la vit aller bravement à l'église avec ses vieux sabots, ce fut à qui l'accuserait d'avarice. La maîtresse elle-même, quoiqu'elle ne crût pas devoir lui faire d'observation, parut mécontente du penchant à l'avarice dont elle accusait intérieurement Marguerite d'avoir donné la preuve.

La petite, qui aurait cru perdre tout le mérite de sa bonne action si elle s'en était vantée, supportait tout sans se plaindre, et même, forte sans doute du témoignage de sa conscience, elle souffrait beaucoup moins qu'autrefois des railleries dont on l'accablait à l'atelier.

Le mois s'écoula, et la maîtresse couturière allait se décider à réprimander l'enfant qui préférait manquer du nécessaire que de dépenser la plus petite partie de son argent, quand un monsieur à l'air solennel se présenta, demandant à parler à Marguerite.

Celle-ci, mandée au salon, accourut

tout interdite, et sa maîtresse ne fut
pas moins surprise qu'elle quand le
monsieur solennel, qui était un notaire,
lui annonça qu'il venait la chercher de
la part de sa tante, qui, dangereuse-
ment malade, voulait, avant de mou-
rir, réparer ses torts envers elle.

Marguerite, avait bon cœur. En
apprenant que sa tante était malade,
elle oublia ses durs traitements et ne
songea plus qu'à la soigner de son
mieux. Mais le mal était sans remède.
Tous les soins de la jeune fille furent

inutiles, et au bout de peu de jours la malade expira, en disant que le notaire entre les mains duquel se trouvait son testament ferait connaître à Marguerite ses dernières volontés.

Or, quand le testament fut ouvert, on apprit que la pauvre orpheline, chaussée de gros sabots, était l'unique héritière d'une fortune de plus de cent mille francs, lentement amassée par la vieille avare.

D'après le désir exprimé par sa tante,

la jeune fille devait rester, jusqu'à l'époque de sa majorité, dans un bon pensionnat, et une somme, assez importante pour une enfant qui n'avait jamais eu d'argent à sa disposition, devait chaque mois lui être remise pour son entretien et pour ses fantaisies.

Ce changement de fortune, loin d'altérer le bon naturel de Marguerite, la rappela, au contraire, à elle-même en la pénétrant d'une reconnaissance respectueuse pour les décrets de la Providence, et éloigna les idées de coquet-

terie et de vanité qui avaient commencé
à s'emparer d'elle.

Elle voulut, cette fois encore, consa-
crer à la charité les prémices de sa
nouvelle fortune. Ayant fait deux
parts de l'argent que le notaire venait
de lui remettre pour ses dépenses d'un
mois avant de la conduire à la pension
désignée par sa tante, elle demanda à
celui qui lui servait de tuteur la per-
mission d'ent er à l'église.

Là, après une fervente prière pour

l'âme de la parente qu'elle venait de perdre, Marguerite glissa dans le tronc des pauvres la somme qu'elle avait mis en réserve pour eux.

Maintenant, dit elle en sortant, allons chez un cordonnier.

Le notaire, qui connaissait les petites persécutions que Marguerite avait eu à endurer de la part des « demoiselles » de l'atelier, ne put réprimer un sourire en la voyant choisir tout un assortiment de souliers de différentes tailles.

— Vous faites vos provisions, dit-il ;
mais pourquoi ne pas prendre toutes
vos chaussures de la même taille? Sup-
posez-vous que votre pied doive
encore grandir !

— Vous comprendrez bientôt pourquoi, répliqua la jeune fille qui, avant
de se rendre à la pension, voulut encore
aller faire ses adieux à la couturière,
son ancienne maîtresse.

En entrant dans l'atelier, elle aperçut que les ouvrières, à qui sa fortune

imprévue inspirait un véritable respect,
étaient gagnées par le souvenir de la
malveillance qu'elles lui avaient témoi-
gnée.

— Je ne vous en veux pas, dit
Marguerite ; j'ai oublié les petite malices que vous m'avez faites autrefois.
Seulement, pour que vous ne tourmen-
tiez pas à l'avenir de pauvres filles dont
le seul crime est d'être pauvre, je
désire que *vous* en gardiez le souvenir.

Posant devant chacune des ouvriè-

res une paire de charmants souliers,
l'orpheline ajouta en souriant :

Et voilà qui vous rappellera :

Les beaux sabots,
Les jolies sabots
De Marguerite!

TABLE

—

FIN DE LA TABLE.

Limoges. — Imp. E. ARDANT et C⁹

Original en couleur

NF Z 43-120-8

www.ingramcontent.com/pod-product-compliance
Lightning Source LLC
Chambersburg PA
CBHW051553280626
47162CB00022B/2179